舊巷

李皇誼——著

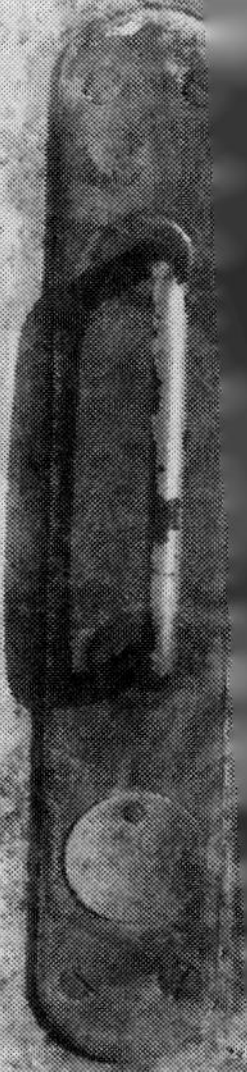

偏方

昨天午後兩點多，窗外的陽光毫不馬虎。

在播放冷氣的課堂室內，我的朋友阿銘瞄了瞄他的左手，像忽然聽到鞭炮似地問：「你摸過蛇嗎？眞的蛇喔！」

正在學習按摩的我，不僅鼻頭冒汗，使勁搓動阿銘每根指骨的同時，我掌心如湧泉般，和飛天精油早已渾然一體了。這位化學老師提到學生科展中，得到佳作的一份實驗成果，是有關民間治療手汗症的偏方。

我說：「從來沒聽過這種偏方啊！我只聽我媽說過，到人家辦喪事的地方，去撿個幾張冥紙搓搓，可以治療手汗。」

阿銘說：「那個啊！沒效吧！我舅舅往生後出殯，我是負責沿路撒紙錢的，摸了那麼久，我的手汗還是一樣。」他還強調全臺灣據說有數十萬人患有手汗症。

「聽說動手術切除的，汗會從別的地方冒出來。」

「是啊！多不方便。去找條蛇摸摸吧！據說你這一生只要摸過一條蛇，蛇的表皮有一種化學物質，會讓你的手心不再冒汗。」

我按壓阿銘的右手，看著他興奮的神情，不禁感到氣餒，大約是我的指力太弱，阿銘宛然感覺不到痛。

「你敢摸蛇嗎？」他又問。

「不敢！」我回道。

但是，顯然，彼此都有了一線生機。

如果，如果，在這世界上有一種偏方，例如也只要摸上什麼東西，就可以讓人今後不再提筆寫詩。

摸上什麼怪異的東西都沒關係，只要不再寫詩。
如果有的話，我想試試看。

皇誼序於東海

目次

卷二

卷六

目次

卷一

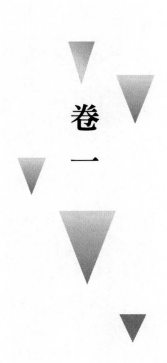

信件

拐進童年的巷弄
爆米香的米剛爆開
潔白而膨鬆的二月
黏在大笑的齒縫上
爲了什麼事？過年的
市集，靜悄悄的
你拖著收線的風箏
望著天空中那只風箏
一模一樣，熨貼著
白雲，像是貼上了郵票

即將寄去很遠的地方

•

孩提時寫給未來

的一封信

透過紙背，滲入

某個清晨不願醒的夢境

作業簿

一　早作業

這座沙堆當選爲
最佳外野手之前
張家的窗玻璃接了一個
界外球，李家的門面
被三振的球棒擊出
一轟而散的
青春痘

•

紅腫躡手躡腳地
接殺了整條巷子
的正午，以及寂寞

二　午作業

把那棵大榕樹爬出
一座城市，一枝一幹是
四通八達奔騰的馬路
孩子們眼睛一閃一閃
亮起了紅綠燈

•

巷子尾巴的夕陽

是被遺忘，點燃
的黃燈，而零亂的
煞車聲，全被母親一張口
消化成一頁
即將撕去的星空

三　晚作業

從這個屋頂躍上
那個屋頂再跳下
誰家天臺的那個
大俠，披風一抖
漫天星星都顫個不停

•

整條巷子的大俠們
就這樣，挾持著孩子
的夢，飛來飛去
直到一不小心撲空
從口袋跌出了
明天

童趣二則

一 作畫

初昇的陽光淡淡
抹在水泥牆上
盆栽揮舞著手
在陽光的臉上作畫

•

塗鴉的手以糖衣
裹著狗屎，送給
新搬來的女孩

一枚太陽從女孩口中
紅了出來

二 尿床

大雨過後，門前的水窪
飄來幾朵流雲
幾隻小腳踩著天空
冰涼柔潤的觸感
根鬚般
長了出來

•

那一夜，把孩子的夢
潑溼了

舊巷之子

一　花布

爲了剪去成衣上的線頭
整條巷子的母親領著孩子
頭一低，便注入一整晚
的血絲，而前一晚
仍蓄滿飽漲的
眼袋

•

孩子在瞌睡中，不小心

又刺出鮮豔
新染的紅花

二 彩衣

不願洗澡的孩子
只穿著風，和老祖母
賽跑了一整條巷子
黃昏的陽光一不留神
滲入了孩子的
尖叫中，變成一件
透紅斜紋的彩衣

•

而燒滾的洗澡水，早已在
浴室鏡面上，溶出了
淚滴

童戲

那個馴獸師趴在路面，側耳
傾聽巷子狂野的心跳
像正午陽光極力挑逗
的水蒸氣，嗤嗤，或狗屎
硬化迸裂的輕微
核爆，對面的恐龍咳的
還有花貓走鋼索的顫抖
遇上跳火圈的野狗，牠的
叫聲緊咬馴獸師的屁股不放
•

以陰影濃妝的小丑
頂著白白的月球
匍匐在佈滿碎石子
和鋪滿星光的窄道上
巷子的肌膚微溫
而氣味複雜像雞兔
同籠的算術題，無解
爬行在透光紗窗下
的壁虎長舌一捲
將小丑吞進了夢裡
・
夢的隔壁還在

放風箏，風箏的線不知道
藏在什麼地方

舊巷

一

沖天炮和小火箭沿著窄道
一放飛，整條巷子
的風光，一時亮了出來
孩子們氣喘吁吁地
跌坐在月亮的傳說上面
誰家的母親，嗓子一撐竿
又跳過了一場夢

•

追逐的聲音
在夜空
閃閃發光

二

房子與房子的影子
緩緩追逐了大半天
盆栽伸長了手
撈了一陣風
又縮回寂靜裡頭
・
而寂靜在加工廠

加班，聽了過量播放
的工商服務時間，以及
機器的竊竊私語

三

剪髮時像待宰的豬
家庭理髮店的孩子
嚇壞了整條巷子的孩子
理髮師雖然善於修剪
蔓生滋長的時光
時光還是從他的魚尾紋
游了出來

•

整條巷子的髮絲
在不及掩耳
的流速中
擦出了星星

老店

貼在扇葉前的日本情歌
被強風吹得支離扭曲而尖銳
將盛夏午後切割成
發黃的豆腐塊，胖老板
一抹汗，嘟噥著：「把收音機
也丟進來炸了，省得發臭。」

•

賣藥廣告帶著農藥味
尋人啓事像醃泡襪子
穿金戴銀艷抹濃妝的歌舞秀

不忘在重點部位冒出小花
整面牆老是撕破臉，吵架
至於那張維也納兒童合唱團
稚嫩的嗓音，早已爬出
久患哮喘的小巷子

•

舊巷在野貓的瞳仁
瘦成一線灰白的髮絲
野貓縮在爆竹剖肺挖心
的碎屑上，新婚夫婦的孩子
又懷了孫子，孫子們將豆腐
畫成一家一家的麥當勞

鄰居

同名同姓同年級的那個女孩
往往和我同時轉頭
一條長長的窄巷，從後背
迴旋撞擊到我們的胸口
那沈重，像呼吸湧入了
末梢逼仄的微血管裡

•

隔著嘎嘎晃動的紗門
她的家豢養著植物般默默

抽長的陰溼，她總是把
學校穿在身上，母親牌桌
外的隻字片語鑲綴在
編織得一絲不苟的長辮上
我們在雜貨舖詭異氣味裡
無聲地交換自家的祕密
我第五個弟弟將在米酒的
辛辣中誕生，她唯一的家人
是一根細白的長壽菸

•

有時我自深夜的劇震中
揉著她也正揉著的惺忪

眼袋貯藏我們光陰
的顏色，還有麻將桌外
永遠是輸家的凝望

宿命

很容易受到忽略的小巷
像割腕後的疤痕
漸漸黯淡了

•

那一天，家家懸起
祈福的紅燈籠
黑夜踩著她的瞳孔
小心翼翼，領著她
直到傷口微弱地說：
「妳來了……」

小巷

一

長年不同色澤形狀氣味
的狗大便
一律平等地
被太陽模塑成
一條崎嶇的
氣管

・

在夜深露重時

每每受寒
便哮喘個不停

二

像孩童塗鴉後的
畫布，那一張張
臉上的粉
連陽光都穿不過
•
瞥見陌生的男人
便把暗巷的
裂縫

撐開一點

三

鋪柏油的午後
家家戶戶把
蔣中正到李登輝
情殺案到通廁所
的報紙夾頁廣告
陳列整齊
・
以供養給
熱烘烘

黑漆漆
黏稠稠
的文明，以免
弄髒了家門

四

細繩一拋
陀螺滴溜溜地
轉啊轉成了
香辣的燒酒螺
或者，布袋戲棚上
藏鏡人空洞的

回音

•

鏡子背後的
一張臉，往往
是射飛鏢的靶

五

童年的風箏
仰躺在電線桿上
一夢，便是十年
而鄰家大哥的十二年
酒家的保鏢

已糾結成不成形
的灰

・

還有幾只斷線的
遠遠地
俯瞰著我們
比螞蟻還小
的飛翔

南投印象

一　頭痛——集集火車站

由於頭痛
地球舉頭
把牆壁撞破了
破洞沈沈嘆了口氣

・

一面牆
在天空流轉
一朵朵的白雲

從牆的眼睛
跑出來
忘了在哪一站
下車

二　鄉愁——廬山溫泉

跋涉萬水千山
穿透嵐煙風雨
的一聲
咳嗽
就這樣
撞破了

一口缸
（好沈的回響）
・
思念的空寂
不絕地流了出來

三　花季——清境農場

一支發亮的金屬湯匙
匡啷一聲
落在山巔上
他知道再也舀不起
山居的寂寞了

當一陣清香
咬破他的夢
他睜開孩提般的眼睛
哇！寂寞
開出滿山遍野
的花

四　孩子——仁愛國小

「報告老師！我的豬跑掉了……」
老師開始學豬叫，小豬就回來了
「報告老師！我把花全部打開了！」

「那花的秘密該藏在哪裡才好呢！」
「老師！我忘記我忘記了！」
老師叫學生把「記得」找回來
可愛的學生
從此變成了
春天
每年都會回來

五　關係——中興新村草坪

「眼睛再抬高一點」
「腳步放慢一些」
當一只風箏想和天空

說悄悄話
便提著傀儡的絲線
告訴他應有的動作

•

要私奔的人
拉著天空的手
遠遠地
不肯放

六　一體——埔里水田

踟躕於水田中的白鷺
猛然低下頭去

銜走一朵雲
展翅
•
一陣痛楚
自腳底
搖撼到全身
他才發現自己的倒影
已然消失

大度山中

——於是，我們在記憶的迴廊上
和自己
重逢

一 遠眺

當時樹還低矮
有時看向白雲
便恍然置身在天空
於是我們以年少

喧嘩的熱情
調整望遠鏡的距離

•

被囚於鏡中
世界如此寂靜
一隻蟬
穿透我的瞳仁
孤獨地唱了整個夏天

二　用餐

曾經，我們同在宿舍走廊上
端起熱騰騰的飯菜

陽光穿著我們新晾的衣服
悄聲走到面前
和一陣風沙一起
驚呼

・

那一聲回音
孩子似地餓了
便在記憶裡亂跑

三　入浴

沖到一半
又沒水的日子

殘留了
我驚詫的眼神
以及七彩的泡泡

・

風一來
便紛紛飄向
星空

四 爬窗

洗完澡
忘了帶鑰匙
只好由隔室的窗外

奮力一攀
距離如此之短
跨過去
又回到
昨天

・

五　校鐘

上課了，下課了
開學了，放假了
總是噹噹噹地
笑個不停的

那位同學
被罰站了很久
也畢業很久了

六 逐夢

那一年的期末報告
讓風捧了去
我邁開裙襬下的步伐
拚命追趕著
・
多年後
我終於在夢中

追上了我的報告
．
一攤開
竟是一片藍天

大甲印象

一　老家

每天祖父會幫盆栽澆水
黃昏在枝葉間
滴落，流轉
最後滲入祖父的眼睛裡

．

附近孩子們嬉戲的聲音
已經長得像屋簷般高了

二 童玩

有的線條清晰，有的淡薄
他在玩跳房子的時候
感覺地上畫的房子是立體的
自己像一面沒有厚度的影子
丟出去的小石子如水一般
向地心奔去，再也沒有回來

•

當太陽屏住呼吸
跌進海裡頭去
整個小鎮的房子
開始蠢蠢欲動

在人們的身上
跳來跳去

三　廢樓

幾乎站不起來的樓房
排風的扇葉依然轉個不停
「風啊！這時你們還分
牆內牆外嗎？」
小孩朝風丟了塊石頭
木櫃的門咿呀地唱了起來
當小孩以尋寶般的興奮
伸手探入了木櫃裡面

驚醒了另一個夢中的孩子

四　長大

那個小孩摀著耳朵
假裝看不見鞭炮和濃煙
空洞在他的體內
不斷擴大、擴大……
當廟會的回聲
迎頭撞來的時候
他睜開眼睛
看見自己龐大的身軀
正摀住另一個孩子的耳朵

卷二

他的志願

他經常走失，在牆角的
蜘蛛網，檢查相思的形狀
還有牀底下被灰塵收藏
的音樂盒，只要把年輪旋鈕
轉三圈，隔壁班的長辮子女孩
便穿著灰漬的芭蕾舞衣，上臺

•

「如果寂寞是一種財富」
他想想，又拿出大富翁遊戲圖
擲出骰子四點，掀開「機會」

的紅牌：「和童年重逢
之後，囚禁在升旗臺上
永遠地升旗降旗」
再丟出骰子兩點，拿起黃牌
「命運」說：「被寂寞所出賣
在沒有情詩的春天
繼續拾荒」

•

像指揮國歌一般
重複著誇大而有力的手勢
寂寞矗立在升旗臺上
正指揮著無邊無際
降半旗的明天

泛濫

一

地下道淹水了
冒出十六歲的情書
第一次牽手的溫度
冒出她擠眉弄眼的鬼臉
以及我昨天才遺落的
那小小的
凝望

•

像是颱風的
眼睛

二

同血液一起
湧動的
還有掌紋和皺紋
在妳淹沒我之前
所有的溝渠河道
靜靜守候
從神話中醒來的
洪水

•

當妳爲我蓋上棉被
我幸福的夢
因而自在地漂流

失落

那個女孩打了聲噴嚏後
我就被遺落在這個城市裡
如此我更確信未經消化的事實
我的聲音擱淺在
她的胃裡頭
我的天空被誤以爲是
她寂寞的眼睛
她隨口讀出
我給她的情詩
不帶任何感情地

・將我孕育誕生

流落

從一個女孩奪眶而出的
淚水一直流到另一個女孩
的臉頰上，然後滴落
．
「那水已湛然了吧?!」
他面對著過去和未來的
愛人的瞳眸裡的自己
不斷流了出去
誰也不知道最後
落在什麼地方

兩人

一　她

向寒冷劃出
一根火柴
妳眼眶中
的淚光
點燃了夜空

・

掉漆的斑駁牆面
長出了

黴菌絲般的
凝望

二 他

你睜開
茫茫的
燈海
忍不住舉起雙臂
像溺水的人

•

由於喝了過多的
燈光，恍惚間

每一個持燈的人
一時全轉過頭來

失戀

那隻啄木鳥
叩叩叩地
從我的眉宇
銜走了一個名字
・
頓時
天空醒了

愛情短片

一 畫外音——留言

當妳明早起床的時候
發現眉毛不見去
請勿驚慌

·

我借了妳的翅膀
去尋找我的翅膀

二　淡入中景——桃酒

從他闔上的眼皮上
浮出了兩顆暈紅的桃子
「喝口茶吧！」女孩說完
搖了搖茶壺
壺水竟猛然沸騰
寂寞溢了出來

•

關在酒瓶裡的桃子
像水族箱內冒泡泡的魚
靜靜瞪著兩人

三　特寫——疲倦

打哈欠的時候
把心愛的人
吞了進去

・

他才發現
自己的愛情
那麼小

四　仰角近景——探索

他在挖掘自身的時候
宛然是個考古學家

起初用鏟子
但不知如何挖掘這把鏟子

•

女孩說：「暫停！」
像突然聽到放鞭炮似地說
「把我的眼神拿去吧！
它曾經掘去你的心靈
也能挖深你的鏟子。」

五　推軌淡出——釋放

爲了辨認自己的容貌
他不斷擦拭

斑駁的鏡子
直到鏡中清晰地浮現
情人的影像

•

鏡中的情人開始擦拭鏡面
直到他從世界
消失
情人從鏡中走出來

遺落

掉落的髮
曲迴的，鬈繞的
凋零的葉
枯乾的，焦躁的

•

遺棄的愛情
目不轉睛，又
難以逼視的
空白
該擺在報名表

的那一欄？
•
一則尋人啓事
流浪到巷口的早餐店
在熙來攘往間
找到了
饑餓

耳垂

「擱淺在你耳內的謊言
早迷失了出路吧！」
他掏著笑，假裝沒聽到
・
她細長的食指，沿著
他耳朵的外緣滑動
酥癢緩緩地爬梳
在所有的回音之外
她問：「聽見了嗎？」
・

那蝸牛殼般
迴旋的問號
總是遺落，一顆
淚珠的重量

聽布

碎花布在縫紉機卡刺卡刺
的咬嚙下，終於呼吐出
一道七彩的彩虹，她說
「這是第二道，第一道在……」
她摸向心口，心口隱然驟雨

．

上次看她攤開一匹布
像打開一扇門，她撫著
摺痕，矮身側耳貼向布面
風扇嘩嘩旋轉的臉

暈眩了許久，她方才拿出尺
開始衡量一份寂靜
寂靜漸漸裁出纖細的腰身

•

據說，那匹布對她耳語
「不須再爲那男人裁製
幸福，充其量只適合
爲妳的憂鬱量身裝扮」

•

然後，那匹布越裁越小
愈剪愈碎，她終於縫製了
一件一件又一件的
塵埃

離婚之夜

把妳哭花了的臉
印上畫布，左側、右側
再抹上斜睨的嬌嗔
妳的腳隨著雨點的節奏
輕輕晃動，笑指我眼睛上方
那兩道粗黑的計程車雨刷

．

尖叫，妳喊著：「開車！倒車
倒回十年前暴雨的夜晚
把我們的眼神，載走。」

•

我的名字如果能夠只是
方正規矩，一如妳的名字
兩枚幸福並肩坐在
證書上面的紅色印章
像一起觀賞日出般
那樣欣喜地看日落

卷三

洞

一

洞一直都在，而我
在世界走了一圈
才瞥見那跌倒受傷
的疤痕，早已腐蝕
成一口幽深的
古井

・

往下一探，我的影子

早已溺斃，很久了

二

洞一直都在，在我的身上
跌倒了，那個洞撫著
擦傷的臉頰，漸漸
流出綠色發光的
青苔，滑過愛情
滑過自由，滑過寂靜

·

洞的翅膀，遺忘
在哪裡？那裡已然蒸發

三

那個洞洩漏的記憶
像逃家的小孩，在玩沙堆
玩伴們的名字全被拎著
耳朵，回去傾聽晚餐
他還繼續握著
被沙砌成的黃昏

•

洞的夢境，極其荒謬
一如現實的人生

作畫

畫壞了
便把自己抹掉
雖然一塗再塗
還是醒不過來

•

忘了，畫筆
還握著我

傷痕

爲了怕溺死
在暮色的一線黃昏裡
我揮動雙手
泅泳，在天際
濺出水花般的雲朵

•

一隻歸鳥自空中
叼起我
拉得老遠的、枯瘦的
身影，像隻手臂般

還緊抓著，時間
這一道傷痕

中年

一俯身，一枚酒瓶蓋
撿了鼻頭的汗水
汗水不斷拾起陽光
陽光拈起整個童年
投入我們匡朗作響
的口袋，裡頭有工地的
鐵線和螺絲，刺血的
銹釘，以及夜空的星星

•

猛然抬眼，火樹銀花

絢爛地拾起
我眼底浩瀚的
荒蕪，我點了根菸
三十年，鞭炮般響了起來

老來

已經沒有牙齒了
但是還能刮刮鬍子
以及鬍子底下
盤根糾錯的
也一併喚醒了
在鏡子前罰站

•

可以晾的
都拿出來曬了
發霉的

依然發霉
站在身後的那個人
還看不清
他的臉

老去

曾經雇了一個人
幫我撿拾掉落的頭髮
在主人與客人，城市和鄉村
及風和雨之間
我凋零的髮絲
文字一般地鐫刻
一片葉子的遐想或路的寂寞

•

而髮絲與髮絲、筆劃與筆劃
之間的裂縫

埋藏了過多的喧嘩
我雇用的人
早已被回音所埋葬

憂傷

淚水攀爬在
凹陷的臉頰上
又繼續爬上
眼眶
．
終於鑑照出
自己的樣子

遺忘

在時間解凍之前
希望能把那句話找回來
．
我夢見我的牙齒掉了
雖然這是一句老臺詞
但是那句話就這樣
從缺漏的齒縫，默默
流浪去了，即使戴牙套
也矯正不了的端正惡疾
．

接著，像啃玉米般
一顆顆，我啃著自己的牙
他們甚至發出爆米花
的笑聲，然後像刷牙那樣
有的塗上厚厚的油漆
．
殯儀館的化妝師，竟比
那裡所有的花，年輕
我告訴她，在出走的齒縫
鐫刻一塊潔白的墓碑
她搖搖頭，說只處理活過的
．

那句話將會變老
而我始終醒不過來

記憶

一地破碎的陽光
被一個小男孩一片片
仔細地撿了起來
生怕割傷他的手
我躍出窗外，跑向前去
順手接了兩枚掉落的鳥叫聲
而小男孩已然消失了
我的雙手漸感沈重
汗水如種子一粒粒滑了下去

•

好像有什麼影像在召喚著
我轉頭望向窗外
每一棵樹都擺動著翅膀

獨酌

清池無波
一隻青蛙，撲通
穿透了自己
．
掉落的棋子
遍尋不著

凝望

笑著，哭著
俯伏在天空
看著愈來愈藐小的
自己，魚一般
潛藏在深海
雙眼已然枯骨
發出淡淡的
螢光
•
倏忽

和冰冷
游動了起來

卷四

窗外

簾子動了
過多的眺望
一一回過神來
表演
演著演著
終於回來了

•

比風還輕的
時間
顫了一下

恍然

從我的疲憊
緩緩萌發出
一枝嫩芽

・

我支著下巴
看窗邊的野貓
靜靜趴在陽光下
孵了一窩子的夢
夢見我還醒著
還開了花

陽光

從窗口一躍而下的
小偷
一整個下午
將一池墨水
喝光

•

接著臉色一沈
一個後空翻
許多文字
從口袋裡掉出來

春雨

從夢裡
嗤嗤地長出了
青草

・

白雲
溶化了
天空

自然

前天，我笑了一座山
昨晚，我罵了一池泉
今早，我唬了一隻蟬
剛剛，我管了一棵樹

•

此刻我眼睛幾乎
張不開
陽光探測出
震央，就在眉宇下
我的寂寞

正急速抽長
的花

無聊

午後所有的聲音
在風扇無休止的旋轉中
滴落一滴水

•

沒有風鈴的午後
踱去的寂寞
猶垂在睫梢

寂

大地的蟬聲
溶入了落葉之中

•

一個旅人
焚香於烈日下
頻頻勸酒
石碑苔裂的夾縫上
搖顫著幾縷蒲公英

石像

在那風吹不到的地方
陰涼卻端坐著
在看似無止境的長眠
之後，我睜開眼，和時間
輕握了一下

•

時間之手，堅定的虛無
從我胸口伸出
身旁鮮艷欲滴的
綠蕨，同青苔競賽般

爬入我的瞳孔，瞳仁邊
斑駁的色塊，正是岩壁所在

・

時間過於沈重
紛紛滴落，如驟雨
每顆雨珠除了反射
金閃閃的陽光，還有
我那隻伸長的手
已被歲月鏤刻完成

雨後

黃昏悄悄坐落
在屋簷上
一隻鳥兒正斟酌
殘枝上的雨珠

・

群山挽著
泉水的臂膀
那清澈
彷彿回聲也在沈思

不思議

垂釣寂靜的人
在水光倒影間
懸著眼光這條長長的線
・
一個小小小小的夢
跌破了
天空

剃度圖

作爲背景的我們，在長鏡頭
大光圈的收攝中，像粗糙
的花紋，在視窗邊緣蔓生著

•

當時，佛陀含笑自眉心激漩出
七彩光雲的剎那，天王手中
拂不盡的紅塵，在剃刀下
猛然亮了出來，野馬馳騁的風
絲一般抽解繭的厚度，生生
世世縛於幽微隱閉的角落

那一個以陰暗爲翅膀
的你，將拇指扣上食指
丹田涵藏巨海，從眉宇間
釋放出整個天空，天空滿佈
飄散的落髮，每一根皆映照
影子國度中似眞亦幻的喧嘩
而只有一聲足以喚醒的
依然沈靜如乍閃的掣電

•

你結跏合十，同雨聲
端坐在屋簷上，經過了千年
才自敦煌石壁中，裂出
我們驚詑的眼睛

卷五

夜市燒烤

一

把政客的牙齒
整排卸下來
放在火網上
反覆燒烤
・
安定繁榮是甜醬
也是辣醬
過熱時，灑下幾滴

選民的淚水
降溫

二

宛轉柔軟的舌頭
被說出的謊言
燒灼而蜷曲
．
像躺在人們口中
的烤魷魚
可口，卻弄黑了嘴角

臺灣小吃

一　肉圓

把一枚十五的月色
也丟進去，炸了

．

由於吸納了過多的
企盼，它的報應
是在肉食性動物的腹腔
飽實地發亮

二　蚵仔麵線

攪拌濃稠的麵絲
一如調和黏密
的相思
•
一顆顆灰中帶黑的
凝望
漸漸熟透了
也少了一點初戀
的腥味

三　魷魚羹

把一鍋水，當作
一片海洋，第一隻腳
忘了第二隻腳
更何況第三或第五
所有的記憶
破碎地拼貼出
一把刀的利刃
•
終於在幽深黏稠的
腸胃中，撞見了
自己

候選誌異

一

他正在雕刻
自己的頭蓋骨
不知要鏤上世界地圖
還是春宮圖

•

將肋骨漂白
以展現悲天憫人的
胸懷

二

即使把皮膚翻過來
還是黑的，是筆墨莊
愛用的名牌墨汁

・

接著是染髮劑連鎖店
外科手術檯
以及在殯儀館醞釀了
萬紫千紅的春天

三

把舌頭拉出來
彩繪美鈔歐元或日幣
畫壞了，便開畫展

•

麥克風放大以後
每個字像七彩泡泡
飛滿了天空

四

夾帶冰雹與閃電
的雷雨在臉上展

開，他的臉沒有
五官，沒有邊際
四處翻飛

・

不知做錯了什麼事
被罰站在每一個路口
睡覺

五

像風箏一樣
把微笑放到天邊
凝聚世間的仰望

• 以允諾的香煙
熏黑眾神的臉

新聞

一

在不斷傳播的過程中
那個名字被嚴重搓揉
而起了毛球

•

一洗再洗
褪色縮水之後
還晾在陽光下
落淚

二

暴風雨過後
忽然走出童稚的嗓音
宣告眞相的存在
．
民意代表嬰兒般啜泣起來
記者們成爲激昂的
山頂洞人，在幽邃的岩窟底部
裂嘴呑噬
血肉模糊的
文明，或者
一口呼吸

垂釣

賣魚的小販
上不了岸
成了無業游民

・

魚鉤不在漁船上
也不在釣客手中
股市正持續退潮
許多眼光和心跳
擱淺，直到

・

如問號般的魚鉤
被陷溺的海島
釣起

無岸之流

靜候在對岸的
隨將浮向
無盡的涯岸

・

乍閃的目光
從天際
拉扯
一只風箏
漸飛、漸
高

紅燈，亮起

街頭三則

一

風——
隨身一把梳子
，而已
．
飄落的黑髮
在年輪急旋中
竄出一道白煙

二

臨街一笑
數條魚尾急急躍出
川流不息的眼神

・

暗巷的裂縫裡
亮起紅燈
又時時閃著綠燈

三

想觸摸老人的鬍渣
根植歲月的硬度

該如何播種？

•

她丟下硬幣
驚醒的老人
莫名點了根菸

舊街

幽靜的鐘錶店內
老邁的主人，端坐
正午十二點乍響的
滂沱中
・
闔眼
・
世界溶出一道彩虹
被仰望舉起
過剩的淡漠

降雪

那一顆顆渾圓的頭上
正在默默綳拉著某種
緊張的長度，年復一年
我梳理的黑夜般的假髮下
那永遠年輕尖挺的鼻尖
陡峭地駛向微啓的嘴角
似笑非笑的夢境
不知何時才醒過來

•

在陳列櫥窗上，我終於

凝結成唯一的一根白髮
和窗外嚴酷的歲月，來回
逡巡，彼此驚懼的眼神

•

這頂假髮和那頂假髮
試著以凋零的頭皮屑，對話

城市

兩顆氣球，不意
在驚呼聲中
脫手
交錯盤旋翻飛背離
在一幢幢高樓玻璃割裂的鑑照中
漸遠的
寂寞
輕輕
將我掬起
・

天空的雙眼
無止境地漂流

畫展

在舞池中跌倒了
少女忍不住痛哭起來
七彩閃爍的燈光
將她的身體繪成一幅
抽象畫

•

那首抒情歌爲了端詳畫
而戛然停止了
「畫的框框在哪裡呢？」

不知不覺，每一位觀者
都變成畫的一部分

疫情

一道道雨水沖刷的影子
就這樣滑過了報紙頭條
速食店的早晨，陰寒
在各個角落抽長嫩芽
聲音被形形色色口罩
篩出低抑久迴的氣壓

•

長長吐了口白煙，那男子
隔著落地窗空盪的透明
比劃著繁複而用力

的手勢，當所有的名詞
和形容詞都動了起來
窗內女孩的聽覺障礙
正潮紅地醒來

•

暴雨讀過的新聞
淹漫到陌生的眼眶

尋人五則

一　失蹤小孩

誰的父母肩上又飄起
一陣狂雪
淹沒整座童話的城堡
・
沒有一支兒歌
可以唱出這樣的表情
被誤擲在社會版喧嚷中
你怯生生，仰起

一臉茫茫的
人海
‧
這場欲言又止的
滂沱
未嘗沈默，曾經
孩提的眼神輕輕
一躍，父母便升起
太陽微微撇起的嘴角
如今走失在揮淚的
手勢，不斷
萎落

二　失蹤愛人

不必問：「你愛我不愛？」
她掛上公共電話
消失在號碼裡面

•

一旁被風踢起的報紙登著：
「有聲有色立刻打此電話
浪漫激情準備給你」
「遺失身分證……」「忘了自己
隨心所慾做愛後忘」
中間夾藏驚心的三行：
「警告逃妻○○○○

限十天內回家否則
依法究辦夫〇〇〇」

・

一抬眼，包青天
額頭森嚴的
夜色中，傳出
月亮
　　跌落的聲響

三　失蹤老人

「陳火旺七十九歲高約一六二公分
瘦有菸癮

輕微智障七十九年四月五日從彰
化回家途中……」

•

湊向落日
莫名點了根菸
一段長長的空白
忘了句點

•

無意間脫落一聲
似笑非笑的惶恐
異鄉的狗狂吠起來

•

皺紋經過影印以後

流成一道道
難以跨越的暗溝
在電線桿與老人
和焦急的眼神之間
汨汨地
斑駁下去

四　失蹤父親

年少和父親的影子
擦肩而過的聲音
像刻刀劃石的執拗
最後他被我們壓成一把

弓，把他的影子
射出
刀刃激辯的一生

•

然後，我的身影漸漸
被孩子們拉爲
一束斜陽
等待著黑夜
將影子放成一把
風箏，越飛越高……

•

去聽
琢我、磨我

既遠又近的
聲音

五　失蹤自己

但是，就這樣他繼續踩在二十五、三十五、四十五歲的地方，呼吸是工作，把根種在老婆小孩身上，聽著陽光的腳步聲緊緊跟蹤一根兩根三根白髮裂膚而出一聲兩聲三聲綳斷青春的回音……。

•

忽然發現一株嚴重枯萎的盆栽，正遠眺大地。

•

行光合作用時，含露的他，貼出一張張
年少飄泊的臉，在風中……。

卷六

新編文類五種

一 神話

這一地陽光
緩緩升騰爲
一陣鳥鳴
沒有翅翼

•

爲什麼回聲
沒有影子？甚至
沒有她的宇宙？

•

踩著高跟鞋
疾奔而來的
雨腳，原來是
聲音的髫鬚
越走越密
越飛越短
及至淹沒
寂靜

二 史傳

那個影像依然模糊

彷彿是一扇門
大多數的葉子都疲倦了
打著黃色的哈欠
拴在角落的狗
俯視落在眼前的地圖

・

路繼續在挖
路的膚色很中國

・

胸口有點悶
發現塞了一塊溼泥
已長出嶙峋的枝幹
一些路過的人

剝了片樹皮
放進嘴裡

三　寓言

有些話未說出口
便掉到土裡
吐芽了

•

時間在大地上
匍匐前進
一些腳印
紛紛

堆成落葉

•

塵埃的壽命
是不是接近永恆？
太多的永恆難以承受
所以詩人常打噴嚏？
而，虛空
在滾沸的水中
吞吞吐吐

四　童話

將眼睛垂掛在樹梢

我是一枝固執的竹竿
永遠清洗不掉的清癯
青苔爬上爬下
不是抑揚頓挫的語調
那是自命風流的下場

．

而且，誤以爲影子是
跌倒的自己
想伸手去扶

．

陽光從對岸划了過來
兩耳頓時燒得火辣
好像烤鱿魚

好久沒吃了
魷魚們歡喜地在海底
手牽手

五　公案

「可以在妳的影子裡
汲水嗎？」
前來探水的僧人
忽然把水當成拄杖
全世界的花瓣
泛起漣漪
因爲不及屏住呼吸

•

把腳步聲
收藏在鏡子裡
行囊便輕了許多
不再縫補
視覺和聽覺間的裂縫
山和水之間
沒有斧鑿的痕跡

聊齋情節的可能

一

在我的影子藏身
夜裡會有鐘聲
滑著弧斜的身段
彷彿把寧靜當搖籃

・

一支悠揚的笛
不知何時，一片落花
彼此俯身

二

舌尖抵住一枚緘默
是畫師鮮紅的印
君臨這幅春色落款處
一朵白牡丹伸出左臂
盈握翩翩飛來的有無
氤氳水墨橫溢的瞬間
在眉峰舒卷中
點下落日

•

是夜，朱砂美人挽著我的愛慾

敧臥在馬不停蹄的山水

三

所有的水月
緩緩爬梳江流的長髮
據說每個昨夜的少女
在此忘情地撈取
落花的殘骸

•

在美人與歲月間擺渡
額角起伏的紋浪
不論擱淺或自溺

總經不起水聲嘩然
四濺的花髮

四

知了　知了
想深秋已走來很遠的路
一路的熙熙攘攘
被笛聲高高拋起
隨即在千山萬壑牽挽中
忘我屬於一朵花的思想

•

時間顏色不再是水的

也許，走出誰的影子
和自己擦肩而去
我會投身蟬蛻匍匐，抑或
整個蒼穹忽然倒立……

聊齋仕女圖

一　嬰寧

曾經發芽，綻放的笑
都已然凋謝，而妳隱藏
在一個深深、神秘的笑
一朵欲開未開的花
而這花至今還供養在
驚恐易碎的世間花瓶裡

•

狐母所生，鬼母所養的

永恆的嬰孩，擅爬樹栽花
往往爬出純種人類的框框
又不意從他們的胸口
伸出頭來

二　阿寶

她所有夢的色彩
都被那隻鸚鵡叼走了
富家艷女的嬌矜，提煉爲
一條殉情的繩子
•
那一年的清明

悄悄跟蹤的，不只是
那痴情男子的魂和落花
還有她以水月銘刻
的墓碑，那是她往往失守的
夢的窄門

三　江城

我以針、以血、以痛
在那人的兩股作畫
編織前生的記憶
一如編織那男人的影子
我的激情，宛然

一隻冷靜的毒蜘蛛
．
一張開嘴，破碎的
黏絲，勾搭了成千上萬
沙沙爬行的文字
遠遠一望，分不清是結痂
的傷口，還是兩字相思

四　小翠

雷聲響起時，妳躲在
哪一個春天的背後？
．

妳不僅被那一只玉瓶
打破，妳演過的角色
全部包圍著妳，質問妳
是不是跑錯舞臺了？
爲了報恩，妳聳聳肩
剎時只留下一張狐仙的
面具，在人間情愛
浩瀚無邊的劇情中
徐徐呼吸著

聊齋逸趣

一　丐仙

那一夜，乞丐的鼾聲和火焰
正鬧著誰更酣熱
高生你善針灸，卻被這個
從火堆中站起的夢，灼傷

．

乞丐領著你從傷口走進
自雲霧的瞳仁爬出來
你人世的三年一眨眼

迷失在老人的一盤棋中
你竟是神仙的一顆棋子嗎？
療你鄉愁的糧食，已成灰燼
療你死亡的夢，繼續
沿街乞討，不知去向

二　畫壁

那面牆壁被罰站在
佛經的一品，禪院的東側
諦聽繽紛的情慾，同虛空
一併跌落的聲音

•

從壁中到牆下，天上到人間
的遙遠，只是天女笑拈的一枚
凝望，那朱生就如此被綺念
彩繪在繚亂的落花間
而花香正一瓣瓣黏植在
他屏息蜷伏的驚恐中
驚恐早已延展成
一面遼遠無邊的牆

音樂教室

教室的門虛掩著
三月孵出的金黃陽光
老師的嗓音，磨破了
角落散落的砂紙
課本裡的五線譜豆芽菜
早已長成手腕般粗
去年年底火燒山後
月光一樣的枯林

•

打開鋼琴的蓋

老師幼嫩到皺癟的
手指，成千上萬的儀隊
在黑與白上面，校閱
我始終趕不及問您
「灰鍵藏在哪裡？」

•

在一連串高音轉圜間
老師以上揚的嘴角
想舀起一口春天的
氣息，而您就這樣卡在
夢的裂縫上
我想告訴您，我已不喜歡
這首歌，但我不能

放牛班

一　工藝

把刨光的木框
懸在枝幹上
假裝是一扇窗

・

一伸手探入
便摘了年輪
的耳朵

二　殘卷

聽到一半打瞌睡
考卷上的字，自腳趾頭
爬上腳背，瞬間
•
在夢的上空
凍結成
四散紛飛的
頭皮屑

三　驚蟄

放牧著自己的影子

讓他們忘情啃蝕
老師的蒼翠，經過
咬嚙、吞噬、反芻
而最終，還給老師
•
一聲飽嗝
的天空

詩人

父親，當您把網撒下的時候
知道捕獲的，竟是自己嗎？

•

穿越每一波瀲灩的浪光
揉碎的日月光，和沈沒的
星光，穿越您失學叫賣
的街頭，串起同學嘲弄的
目光和鹹光餅，穿越戲院
的後臺和前臺，兜售怯生
稚嫩的面具及香菸，一名

女妓企圖穿越您青春的
關卡，而您堅持談詩的作法

•

穿越小學老師親送的辭典
和印刷廠排版的字模，您
知道這一生早被文字建構
和詛咒，您浮貼了火車車窗上
的明眸女子，郵寄出
雪白的炊煙和黃昏的暮色
她戀上郵差單車的鈴聲
和同詩句一般瘦硬的您
穿越了春日的和風，您的
肝卻染上秋色的蕭蕭

．

父親，您的文字
針一般地流竄穿梭
將您的一生刺完最後
的一滴血，同時編織了
一張網，我是游出
網外的那一句

攝影手札——洗衣

我馴服了這一道
流光，它從洗衣板下
七彩泡泡的反照中
矮身穿過祖母青筋突起
如雞禽之爪般發皺
不時抓起南僑肥皂的雙手

•

我喚著：「阿媽，轉過來吧！」
我那卡其制服上的衣領
含著一枚暗黑的眼袋

在嘩啦嘩啦的水聲中
祖母屈著上身，奮力刷著
我靜默的凝望

・

她一直沒把眼神還給我
在暗房紅幽幽的微光下
一張感光後的相紙，沈在
刺鼻的藥水中，自空白
緩緩浮出劇烈而急促
的咳嗽，祖母的側面
鵝卵石般渾圓粗糙
而一頭亂髮鬈曲繚繞
成泡泡，大大小小

一顆、兩顆、三顆……
在夢中剝剝作響

攝影手札——震後

像纏綳帶一般，那小孩
騎單車載著鄰家的狗兒
繞著泉州白石和鹿港紅磚
一圈又一圈，把翻天覆地
那對龍柱與我，緊緊綁住
而陽光，被白頭翁銜走了

•

七橫八豎的鋼架，硬是
撐起了暈眩三年的天空
龍山寺幽微的笑

何時才能鬆綁呢？
誦晚課的一位阿婆，胸脊
近乎彎九十度地抑制著

攝影手札——二弄

剛在裝潢的那家店面
青春痘和雀斑，螞蟻般
爬上鼻尖，然後躍了下來
唇上方的人中，狹長圓潤
的寂寥，猛然亮起，我想
我已不記得妳了，我比妳
荒廢更久，陽光企圖掀起
妳幽幽的裙襬，而妳
躲著，在一枚閃著淚光
樟樹葉子的微微晃漾間

玫瑰紅茶的紙盒傾倒了
流出了三天前蒙塵的溫度
一對情侶喧嚷激辯後的
仍持續絮叨著，驚醒的狗
牠在馬路上焦急搜尋什麼
呢？影子正靜靜沉味著
在速度以外，時間以外·
坐我對面的臉孔，被廟前
紅燈籠串成了一個轟天炮響
的節慶，我揮手說，幸會了
妳眼中失焦卻深沈的疤
穿街走巷的拾荒老人
終於將妳拾起

攝影手札——失學

卵石和卵石、雲朵與雲朵
之間的磨擦，在你的赤足
畫了一條灼熱刺痛的
疤，靜得嚇人的夏日午后
偶爾一劈腿，溶出冰棒
的一絲白煙，日復一日
你踽踽的身影，浮沈
在仄隘的巷弄間，像是
醃泡了一個發霉的夢

•

你盯著正在寫生的制服
說：畫歪了！她把水平面
描成高低起伏的路
將太陽塗爲錢幣，圖上
小朋友正牽著大人的那隻手
是條細細長長的風箏線
梳辮子的女孩說：你才是

•

我說看這邊，你忽而
擡頭，天空傾倒了
好多好多的星星

攝影手札——詩人

你的詩句，正偷覷著你
他們紛紛踮起腳尖
湊向紙捲的傳聲筒

•

尿騷還在反光的鏡面上
溜滑梯，你聽斑駁詩冊
封面的湖水，傳來降雪
滲溶，奶粉泡開的嘶聲
對街的屋簷下，母親正在
揮手，唇吻吞吐些什麼呢

微微晃動的風鈴懂嗎？

・

一群競踩高跟鞋的驟雨
自你的手汗暈染開來
那把黑傘撐開龐大的靜默
雨聲種在你的中耳，發炎
心跳鼓槌般擊向緊繃
的耳膜，母親那聽不見的
叫喚，以鮮紅的血色
流出你痣毛漸長的耳緣

・

你說積木堆成的你
的童年，很高，被母親的

離去帶走後，飛得更高

•

縮身於鏡子背後
陰暗幽幽望著
你輕輕轉動著
夢的放映機
在炯炯目光中
每一只斷線的風箏
又與你重逢

作文題目

把夏天平鋪在草蓆上
宛然把陰涼當搖籃
午后的夢，一個一個
踩著高蹺，跨過鼾聲
忽然滑倒在嘴角
香甜的口水上

•

「水流急不急？」
那小孩一張臂，將整件
天空，都脫了下來

躍入不斷盤旋攀升
的身高裡；另一個孩子
正在打水漂兒，小石子
在灩灩波光上彈跳滑行
一面明鏡的拉鍊
漸漸緩緩敞了開來
掉出了彈珠陀螺橡皮筋
以及摺紋泛黃的紙條上
歪歪斜斜地記著：
如水光陰

附錄
作品撰寫時間及發表刊物

卷一

信件　中國時報20020504　20020118作
作業簿　中央日報20030119　20020624作
童趣二則　臺灣日報20020309　20011121作
舊巷之子　臺灣日報20020420　20011216作
童戲　臺灣時報20020614　20020318作
舊巷　中國時報20011124　焦桐編九十年詩選20011117作
老店　臺灣日報20021203　20020822作
鄰居　臺灣日報20030913　20020926作

宿命　臺灣日報20020328　20010324作

小巷　笠詩雙月刊232期20021215　20011117作

南投印象　20011011作

大度山中　明道文藝312期200203　200002作

大甲印象　第一屆臺中縣文學獎　臺灣日報19991207　199905作

卷二

他的志願　中央日報20020915　20020724作

泛濫　臺灣日報20020113　20011017作

失落　臺灣時報20020122　199810作

流落　自由時報20000119　19990428作

兩人　國語日報20020420四月詩展　20020227作

失戀　創世紀詩雜誌103期200203　20001108作

愛情短片　199912作

遺落　臺灣日報20020601　20020313作

耳垂　20030516作

聽布　臺灣日報20030512　20021104作

離婚之夜　臺灣日報20020911　20020426作

卷三

洞　臺灣日報20021022　20020601作

作畫　創世紀詩雜誌130期200203　20001108作

傷痕　臺灣日報20020813　20020313作

中年　創世紀詩雜誌134期200303　20020227作

老來　中華日報20020202　向明編曖・情詩：情趣小詩選20000114作

老去　中央日報20020120　20010917作

憂傷　　創世紀詩雜誌130期200203　20010531作
遺忘　　中央日報20021119　20020803作
記憶　　臺灣日報20000404　199810作
獨酌　　創世紀詩雜誌103期200109　臺北國際詩歌節印刷品19950308作
凝望　　臺灣詩學季刊38期200203　20010328作

卷四

窗外　　臺灣時報20020307　20010420作
恍然　　臺灣時報20020131　20000309作
陽光　　中央日報20020218張默編小詩・牀頭書19991208作
春雨　　臺灣時報20020307　20020117作
自然　　臺灣日報20020618　20020323作
無聊　　創世紀詩雜誌104期　199411作

寂　創世紀詩雜誌104期　19950717作

石像　臺灣日報20021217　20020708作

雨後　臺灣日報20000404　199810作

不思議　乾坤詩刊25期200301　20020916作

剃度圖　中華日報20030321　20021004作

卷五

夜市燒烤　中華日報20011217　20011023作

臺灣小吃　臺灣日報20021011　20020529作

候選誌異　20011018作

新聞　臺灣日報20011105　20011020作

垂釣　臺灣日報20020206　20011024作

無岸之流　創世紀詩雜誌104期　19950717作

街頭三則　創世紀詩雜誌103期　1995作
舊街　創世紀詩雜誌103期　19950123作
降雪　中央日報20030216　20030109作
城市　創世紀詩雜誌134期200303　李進文須文蔚編《*Dear Epoch*創世紀詩選1994-2004》　20020314作
畫展　自由時報19991216　19990502作
疫情　20030519作
尋人五則　第十一屆全國學生文學獎　明道文藝207期　199306定稿登於創世紀詩雜誌99期

卷六

新編文類五種　明道文藝245期199608　19951220作
聊齋情節的可能　創世紀詩雜誌95、96期

聊齋仕女圖	乾坤詩刊25期200301	20020525作
聊齋逸趣	臺灣時報20030709	20020603作
音樂教室	臺灣日報20030224	20020523作
放牛班	臺灣日報20030814	20030601作
詩人	笠詩雙月刊229期20020615	20020402作
攝影手札——洗衣	臺灣日報20030122	20020720作
攝影手札——震後	臺灣日報20030622	20030224作
攝影手札——二弄	臺灣日報20030711	20030314作
攝影手札——失學	中央日報20030806	20030509作
攝影手札——詩人	20030622作	
作文題目	臺灣日報20030419	20020824作

文化生活叢書・詩文叢集　1301019

舊巷

作　　者　李皇誼
責任編輯　游依玲
特約校稿　林秋芬

發 行 人　陳滿銘
總 經 理　梁錦興
總 編 輯　陳滿銘
副總編輯　張晏瑞
編 輯 所　萬卷樓圖書（股）公司
排　　版　浩瀚電腦排版（股）公司
印　　刷　百通科技（股）公司
封面設計　斐類設計工作室

發　　行　萬卷樓圖書(股)公司
臺北市羅斯福路二段 41 號 6 樓之 3
電話　(02)23216565
傳真　(02)23218698
電郵　SERVICE@WANJUAN.COM.TW
大陸經銷
廈門外圖臺灣書店有限公司
電郵　JKB188@188.COM

ISBN 978-957-739-855-0
2014 年 2 月初版一刷
定價：新臺幣 260 元

如何購買本書：
1. 劃撥購書，請透過以下帳號
帳號：15624015
戶名：萬卷樓圖書股份有限公司
2. 轉帳購書，請透過以下帳戶
合作金庫銀行　古亭分行
戶名：萬卷樓圖書股份有限公司
帳號：0877717092596
3. 網路購書，請透過萬卷樓網站
網址　WWW.WANJUAN.COM.TW
大量購書，請直接聯繫，將有專人為您服務。(02)23216565　分機 10

如有缺頁、破損或裝訂錯誤，請寄回更換

國家圖書館出版品預行編目資料

舊巷 / 李皇誼著. -- 初版. –
臺北市 : 萬卷樓, 2014.02
　面；　公分
ISBN 978-957-739-855-0(平裝)

848.6　　　　103002211